KB213248

천 기 누 설

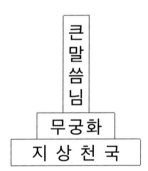

큰
말
씀
님

무궁화

지 상 천 국

천 기 누 설

손 정 자 지음

큰 말씀님 무궁화 지상 천국

* 천기누설이 되는 *

"이 책이 세상에 나오면
천하사람이 나의 일을 알게 되리라"

그러므로 본 책의 내용들은 모두가 다
절대자이신 큰 말씀 하느님께서 직접 주신
말씀들입니다.

- 저자 백 -

◖ 목   차 ◗

◀ 프롤로그 ▶

진부모
큰 말씀님 감사합니다.

지상천국
반본환원을 감축드립니다.

무궁화
금의환향도 감사드립니다.

개벽 감사합니다.

가. 하느님의 존재

1. 실재하시는 하느님(하나님)

인간세상은, 신명(神明) 세상의
"복사본 세상"인데도 불구하고
인간들은, 눈에 보이는 것들만을 믿고
인정하는, 습관과 버릇들이 있습니다.

그래서, 눈에 보이는 육신의 부모님만
부모님으로 인정할 뿐 무소부재 하시나
보이지 않는 진 부모님으로

만유의 어버이이신 하느님(하나님)께서 실재하시며 존재 하신다는 것을 믿지도 않거니와 인정하지도 않습니다.

특히 목사와 신부들은 실재하시는 하느님에 대해서 그림속의 종이 호랑이로 비유하고 용처럼 상상속에서만 존재하는 하느님으로 인정하는 것이지 실재하시는 하느님은 부정하고 있습니다.

그러나, 인간들이 그렇게 하느님의 실재 존재를 부정한다고 하여서 하느님께서 실재 존재를 하시지 않는 것도 아닙니다.

2. 실재 존재하시는 하느님의 뜻과 목적

(1) 우리 인간 생명들이 정처없이
   이렇게 존재하며 살아가는 이유는
   실재 존재하시는 하느님의
   "뜻과 목적" 때문입니다.

(2) 그렇다면, 실재 존재하시는 하느님의
   뜻과 목적은 무엇일까요?
   첫째, 무소부재 하시는 하느님께서
   기거하시던 천국을 이 땅 위에다가
   "반본환원" 시키셔서, "지상천국"을
   이루시는 것이 그 첫 번째 뜻이자
   목적이요,

둘째, 실재 존재 하시는 하느님.
당신과 똑같이 닮아서 살아있는
상태로 영원히 존재하게 되는
"분신"들로서 인간생명 꽃으로
영생화인 무궁화(천지화)를
"지상천국"에다가 "금의환향"
시키시는 것이 그 두 번째 뜻이자
목적입니다.

3. 실재 존재하시는 하느님의 실체

(1) 절대자이신 하느님께서
말씀하셨습니다.

(2) 나의 실체는 "말씀"이다.
그러니까, "큰 말씀"이라는
"명(名)"으로 불러라고 하셨습니다.

(3) 그리고 또 불(火)의 하느님으로서
남방삼불(三火: 삼리화)이라고도
하셨습니다.

(4) 만유의 조물주이시고 유일무이한
    절대자로서의 하느님으로 실체가
    되시는 큰 말씀님께서는 만유의
    근원과 근본인 "성령"으로서
    "실재존재"를 하시고 계십니다.

4. 인간생명 농사

(1) 만물 중에서 생명 있는 것들은
    모두가 다 각자마다 고유한 본래
    형상인 어버이의 형상을 유전으로
    탑재하여 생명활동을 하며
    존재를 합니다.

(2) 인간생명인 사람들 역시도

　　그 진부모님이신 하느님의

　　"형상체"를 꼭 닮아서

　　그와 같은 유전자를 가진

　　생명체로 되어 있습니다.

　　그러므로, 하늘(天)에 있는 것은

　　땅(地)에 다 있고, 땅(地)에 있는

　　것들은 인간인 사람들에게도

　　모두 다 똑같이 들어 있습니다.

　　그래서 천, 지, 인을

　　"삼위일체"라고 하는 것입니다.

(3) 하늘(天)　: 아버지, 남자, 양(陽)

　　땅(地)　　 : 어머니, 여자, 음(陰)

　　사람(人)　 : 자식, 아들과 딸,

　　　　　　　　음양(陰, 陽)

(4) 그리고, 농장이 되는 것으로서는

　　천지(하늘과 땅) 자연(自然)을

　　"인큐베이터와 같은, 도구"로

　　삼으셔서 인간생명인 사람들을

　　하느님의 형상체와 똑같이

　　완성되도록 익히시는 것으로서

　　큰 틀인 대우주(大宇宙)라 하고,

　　피조물들로서 인간생명인

　　사람(嗣藍)들은 작은 틀인

　　소우주(小宇宙)라고 합니다.

(5) 그래서, 인간생명들의

　　육신몸들은 생(生)과 사(死)로서,

　　나(我)라는 영(靈)들은 "윤회"로서,

　　그렇게 새롭게 변화시키시면서

　　현생 인류의 모습처럼 하느님의

　　형상체를 닮도록 역사를 해오신

　　것입니다.

　　(과거 인류의 모습인 네안데르탈인

　　등의 모습을 참조해볼 것)

(6) 이러한 이치들을 하느님께서는
　　"노자"를 통해서도 그 답을
　　주셨습니다.

　　道可道 非常道(도가도 비상도)
　　名可名 非常名(명가명 비상명)

　　원래 뜻 : 그릇인도를 그릇인도답게
　　하는 것은 변하는 도인 "비상도"인
　　것이고, 모습인 명을 모습답게
　　명으로 만드는 것은 변하는 모습의
　　명인 "비상명"인 것이다.

　　그리하여, 만물은 변화를 거듭하며
　　진화로서 발전하면서 완전하게
　　완성되는 것입니다.

(7) 그런데 세상에서는 도를 도라고
    하는 순간 이미 도가 아니라는 등,
    무식 자랑에 열을 올리고들 있는 것
    입니다.

(8) 절대자이신 하느님의
    참 모습인 "진면목"

    ①피조물들로 인간생명인 사람의
      모습들이 부처님의 형상체를
      닮은 것인가?

    ②아니면 부처님의 형상체가
      인간생명인 사람들의 형상체를
      닮은 것인가.

③정답은 부처님의 형상체가
　　바로 하느님의 "본래 형상체인
　　진면목"의 모습입니다.

④그래서 피조물들로 인간생명이
　　되는 사람들의 모습을 가진
　　형상체는 수많은 세월동안
　　하느님의 본래 진면목의
　　형상체를 닮아오면서 완성을
　　향하여 살아온 것입니다.

⑤즉, 이 세상에서 생명있는
　　모든 것들이 자식이 되는
　　새끼들에서 자라게 되면
　　부모가 되는 어버이를 닮듯이,

⑥하느님의 "진면목을 닮은 자식"
이라고 할 수 있는 인간생명의
사람들 역시 모든 부분에서
진부모님이신 큰 말씀 하느님을
똑같이 닮도록 그렇게 유전자가
설계되어 있는 것입니다.

⑦그러나 인간들은 "매일마다"
어버이요 진부모님이신
하느님의 "진면목의 모습"을
보고 살면서도 하느님의
"실재 존재"만은 부정하면서
살아오고 있었던 것입니다.

⑧인류의 과거 모습들인 네안데르탈
인등을 참조해 보십시오.

(9) 그리고 선천세상인 지금 이 세상은
전쟁과 변란 등, 천재지변 등이
일어나야 세상과 인간들이 발전을
하는 것입니다. 애기들이 아프면서
자라나고 성장을 하듯이 인간들은
그렇게 아픈만큼 성숙하는 것입니다.

5. 구원(생명 완성)

(1) 절대자이신 하느님께서는
그 실체가 큰 말씀님이시자
남방삼불(三火: 삼리화)로서
이 세상판 안에다가 천, 지, 인
삼도가 되는 것을 만드시되.
하느님의 메시지와 인간생명들의
"의지처"로서.

①첫째, 천도(天道)에 속하는 선도
(仙道)로서, 그리스도(구원자)교를
내시되, "예수"로서 메시아를
전하는 메신저로 내어쓰시며,
그 성경에다가는 알파와

오메가의 이치로서

마지막 심판 때에는

구원을 주시려 오시는 이가

구속(救贖: 대속하시면서

구원하시는 것)을 하시면서

오신다고하여 놓았는데도,

미련한 인간들은 죽어서야 천국에

가는 것이라며, 살아서 가는 곳인

천국을 부정하는 자들인

목사와 신부들의 말에 속으면서

따라가고 있으며,

②둘째, 지도(地道)에 속하는 불교를
내시되 "석가"로서 메시아를
전하는 메신저로 내어쓰셨으며,
그 불경에다가는,

제행무상, 제법무아, 일체개고,
열반적정, 시생멸법, 구제중생
이라는 진리를 주셨는데도 죽어서야
극락세상 가는 것이라는 땡중인
승려들의 말에 속으면서 따라가는,

인간들이나 피차일반으로 본래 뜻은
모든 행위의 움직임들은 영원히
없어지지 않는 상(본래 형상)을

가진 몸을 만들고 모든 법인
질서와 규범과 절차와 과정들은
영원히 없어지지 않는 개체의
나(我: 아)를 만드는 것이며,

그래서 일체개고 즉, 궁극에는
모든 것들이 저마다 각자의 개체이자,
하나인 일체로 거듭나기에
완성된 인간생명의 육신 몸들이
"영혼"을 담는 그릇으로서
다이아몬드처럼 영원한 그릇인
열반적정이 되었을 때 시생멸법
즉, 큰 말씀님 하느님께서
작정하시고 계시는 심판에 따른
생존 숫자에 맞추어진 것에 따라

이 세상 인간들이
살아서 존재하는 상태에서
태어나는 것인 생(生)과
죽는 것인, 사(死)를 뜻하는 것의
멸(滅)하는 법이 그쳐서 없어지며,

그때에는 거듭난 생명인
인간으로서 구제 중생 즉,
모두 다 구원을 받는
중생들이 된다는 뜻입니다.

③셋째, 인도(人道)에 속하는
　유교를 내시되 "공자"로서
　메시아를 전하는 메신저로
　내어 쓰시면서
　재명명덕하고, 재신민하고
　재지어지선 하니라.

본래 뜻: 곡신불사(谷神不死)라
즉, 밝은 신명 덩어리를 이루면, 죽지
않고 살아서, 재신민 즉, 성경 말씀과
같이 새롭게 거듭난 백성이 되어
지상천국에 "금의환향" 한다는
뜻입니다.

그런데도 유학자들은 이런 뜻은
까마득하게 모르고서는 유학을
그저 세상의 권세를 잡는 도구로
이용하면서 혹세무민했던 것입니다.

6. 그래서, 절대자 하느님께서는

(1) 만백성들에게 혹세무민하는
    신부와 목사, 그리고 승려와 유학자
    등이, 권세를 누리고 부리는
    세상 종교를 통해서는 "구원"이
    일어나지 않도록 하였습니다.

(2) 그리고 마지막 때가 시작되는 작금에
    실재하시는 하느님께서 직접 인간의
    육신을 입고 오시되,

(3) 메시아로서, 시작이 되는
    "수운 최제우 선사"를 앞세우시고는
    "증산"이라는 상제(하느님)님으로
    오셔서 "반본환원"으로 생명이
    완성되어 "금의환향"해서 살게 되는
    세상인 "지상천국"을 여시기(개벽)
    위해,

    ①고씨 성의 수부인을 택하셔서
      천지공사를 하시어 씨앗의 낙종을
      하시게 하시고는 전권을
      위임하시어
      후천세상인 "지상천국"의 주인공이
      되게 하셨습니다.

②그리하여, 후일이 되는 작금의
　이때가 이 선천세상에서
　마지막 때이므로
　그 고씨 성인 수부인의 후신으로서,
　"윤회"에 의해, 그 분의 생일과
　똑같은 삼월 스물 엿새 날, 일자로
　태어난 "나", 정도령<正子>을
　통하여 "판" 밖의 도(道)에서
　이렇게 천기를 누설하게 하십니다.

(4) 이 글을 쓰게 된 "나" 정도령
   (正子)은

①"연(연씨 성)" 흥부전의
   강남갔던 제비이자 실재하시는
   하느님의 제비(帝妃)로서
   "증산" 상제시절에,
   개벽을 위해서는 "두 사람"이
   준비되지 않았고, 없어서 개벽을
   시키지 못한다. 라고 하시면서,

   아버지 하느님의 "부인"이 되는
   "나" 손정자와 천자(天子)가 되는
   박(朴)씨 성의 아들을 포함하여
   이렇게 "두 사람"이 "개벽의 때"를

맞추어 이 세상에 오도록, 그렇게
"개벽 공사"를 해 놓으신 대로,
천자(天子)가 되는 박(朴)씨를
물어 왔지만, 영생하는 세상을 위해
"내(손정자)"가 직접 해야 되는
후천의 개벽공사에서
그 일환이 되는

"천자 피검 도수" 공사를 위해
천자가 되는 아들이 세상에서
성추행죄의 누명을 쓰고서는
두 번이나 감옥살이를 하여서
그 억울함이 이루 말할 수 없었으나,

②이것 또한 천하백성들을
살리기 위해서이기 때문에
그 누명 쓴 사실들을 실재하시는
하느님의 뜻에 맞추기 위해

즉, 입으로만 "주여! 주여!"
하는 이 마다 천국에 가는 것이
아니라 아버지 하느님 "뜻"대로
하는 이가 천국에 가는 것이라는
말처럼,

③그렇게 바른대로 바로잡아 처리하지
 않고서는 즉, 그러한 권능이 없는
 것은 아니나 그것들을 바르게 잡을
 경우에는 피조물들인 천하
 창생들이 살아남기가 어려워지기
 때문에 이렇게 인내로 참고 견디며,
 지금 이 때를 기다리면서 그렇게
 오고 있었던 것이며,

④독조사 공사인, 화토 노름 공사를
 위해서는 내 "사재"들을 모두 다
 사용해 버렸을 뿐만 아니라
 자식들의 재산까지 모두 다
 톡 털어서 화토 노름 공사의
 자금으로 소진해 버렸습니다.

7. 이제 피조물들로서 인연 있는 자들이여, 이 세상 마지막 때인 지금

(1) 당신의 마음이 동(動)하는 사람들은

(2) 전생과 지금 생에서 까지, 열심히 도(道)를 잘 닦았다는 "결과물"이기에

(3) 하느님의 지상천국 개벽공사에 동참하십시요.

(4) 본 도(道)는 무위이화(無爲以化)의
    도(道)로서,

    "무위"란? 하느님의 뜻과
    섭리에 따라 "순종"하는 삶을
    사는 것으로
    일상지도(日常之道) 즉,
    각자 개개인에게 주어진
    방식과 방법에 따른 삶을

    열심히 잘 사는 것이 바로
    "도"가 닦아지는 수행의
    삶이요. 무위입니다.

(5) 그리고 이치 중에서,
"여자 치마 밑에서 도(道)가 나온다"
라는 말이 진리(참 이치)입니다.

①세상에서도 여자 치마 밑에서
대통령도 나오는 등, 모든 권력들
이 거기서부터 시작되는 것입니다.

②그래서 "만물의 어머니"라고도
하는 것입니다.

③그리고 또 성경말씀의
갈라디아 4:26절에는
"오직 위에 있는 예루살렘은
자유자"니 곧 "우리 어머니"라고
해 놓았습니다.

8. 하느님께서 역사하신 것들 중에서

더 많은 내용들과 더 자세한
내용들이 궁금하시면
전화를 주십시오.

(010-2627-4142)

나. 인간생명들의 완성과정

**1. 피조물이 되는 생명들로
창조된 생명들인 뭇 창생들이여!**

뭇 생명들마다 개체로 만들어진
각자의 형상체에 따른 고유한
형상들을 가지고 태어나 자라면서,

(1) 단번에 한 번의 과정으로
성체가 되는 것이 아니라,

(2) 변환기인 2차, 3차 등의 성장을
    하거나 난생(卵生)의 생물들처럼
    1차적인 형체의 "알"에서
    2차적인 형체의 애벌레로 다시
    3차적인 형체의 "완전한 성체"로
    완성되어지는 생명체들이 있듯이,

(3) 우리 인간 생명들도 그렇게
    부모님들의 정자와 난자의 과정을
    거치고, 또 어머니의 뱃속에서
    아기로 생성되어,

(4) 일반적으로 10개월 여의 기간을
   거쳐서 "때"가 되어야만이 태어나서
   또 다시 2차 "성징"을 겪고서야
   시간이 지나면 성인이 되는 것이며,

(5) 그 과정에 따라 다시
   유아기, 소아기, 아동기, 청년기,
   장년기, 노년기 등으로 변환기들이
   있는 것입니다.

(6) 그리고, 이것들 뿐 만이 아니라
   즉, 이 "일생"으로서 인간생명들이
   완성되는 것이 아니고,

2. 생(生)과 사(死)로서 변하고,
더 새로워지게 진화하면서,
"나"의 개체로 만들어진 령(靈)이
"윤회"를 하면서,

(1) 이생과 삼생 등으로
계속 인간생명의 인생을
열심히 살면서
7천 년의 발전과정에 대한
숙성 기간을 거치고,

(2) 또다시 구중구포의 이치로서,
   7x7=4만9천 년의 세월을 거치며
   숙성되고 익혀야만, "생명완성"을
   이룰 수가 있는 것입니다.

   ①옛날에는 아기가 태어나면
   7일을 한칠이라 하고,
   7x7 즉, 일곱 칠인 49일이
   지나서야, 타인과의 접촉을
   허락했으며,

   ②죽을 때 장례도 7x7로서
   49일 동안 장례를 치르기도
   하였습니다.

3. 그러나 이것도 인간생명들이 창조되기까지

(1) 수수억년의 세월동안을
    진부모님이신 큰 말씀 하느님께서는
    전지전능하신 절대자이시면서도,

(2) 어쩔 수 없이 인간생명들이
    숙성되는 과정들을 자연그대로
    모두 다 거쳐야만 되는 것이기에,

(3) 그러한 "절차"들을

그대로 따르시면서

인고의 시간인 시절과 시대와

시기를 보내시면서 그렇게

세월따라 오셨던 것입니다.

4. 그러므로 아무것도 없는 무(無)에서
    몸뚱이만 있는 지렁이까지를
    이루시기 위해서도
    수수억년의 세월이
    필요했던 것입니다.

(1) 그래서 창조에서 변화에 의해
    진화하며 발전하는 선천세상을
    통하여 생명 완성과정을
    이어오셨던 것입니다.

5. 우리나라에 전래되어 오는
   동화에서도 그 답들을
   주고 있습니다.

(1) 저녁마다 준수한 모습으로
    처녀방에 찾아와서는
    운우를 즐기고 새벽만 되면
    사라져 버리는 남자의 족적을
    쫓기 위해 처녀가 "명주 실타래"를
    이용해서,

(2) 남자 몰래 남자의 몸에
    묶어 두었다가
    그 흔적을 찾아 갔더니
    어머 글쎄, 지렁이 몸에 명주실이
    묶여 있더라는 것이 아닙니까.

(3) 지렁이가 인간의 모습으로
    화(化)한 다는 것은
    이미 지렁이가 인간의 모습이
    되는 "형상체"를 내포하고
    있다는 것이요.

(4) 그래서 앞으로도 지렁이가
　　계속 자라면서 변화하고
　　진화를 하며 발전을 하여
　　"생명완성"을 이루게 되는
　　그 과정들 속에는,

　　절대자 하느님의 형상체인
　　인간 생명 모습의 형상체가
　　지렁이 몸속에도 이미 기본으로
　　들어가 있다는 뜻입니다.

(5) 이 말은 황당한 주장이 아니고
　　사실이 그렇다는 뜻입니다.

(6) 그리고 이러한 현상들은
    모든 생명들의 근원이
    하나이기 때문입니다.

①그래서 옛날의 "황당무계"라는
    책에는 사람들이 이해하지 못하는
    현상들의 이야기가 많다고 하여
    "황당무계"라는 말까지 생겼다고
    합니다.

(7) 창생 여러분!

　①이렇게 황당무계 한 이야기처럼
　　전지전능하신 절대자로서,

　　무소부재하시고, 무사불명하시며
　　시간과 공간을 초월하시는
　　하느님이신 큰 말씀님께서
　　실재 존재 하시는 것에 대하여,

　②아무 것도 모르는 인간들의
　　입장에서 보면 정말 황당무계한
　　말씀같이 들릴테지만,

③어찌합니까. 우리 인간 생명들을
피조물들로서 창조하신 창조주요,
조물주로서 그렇게 현실로 버젓이
실재존재를 하시는 사실만은
부정할 수가 없는 진실인 것을
말입니다.

④그리고, 세상에서도 사칭죄가
처벌을 받듯이 "구속자 하느님"을
사칭한 죄는 천벌을 받게 됩니다.
함부로 "구속자 하느님"을 사칭하지
마십시오.

6. 또 한 가지 "예"를 들어본다면

(1) 다이아몬드, 우리말로는
    금강석이라고 합니다.

    ①이 금강석이 생성되는 기간은
      천연 즉, 자연산의 경우는
      25억 년의 세월이 되는 시간이
      소요된다고 합니다.

    ②그리고, 인조 다이아몬드의
      생성기간은 현재의
      과학수준으로서
      1년 여의 시간들이 소요된다고
      합니다.

③그런데 더욱 놀라운 점은
　연약한 흑연 덩어리로서
　만들어지는 탄소 성분의
　다이아몬드는,

④자연산이 아닌 인조 다이아몬드를
　제작할 때에,

⑤인간들의 인골을 사용하면
　제작기간이 5개월 여가 소요되고,

⑥그리고는 똑같은 양으로
재료들을 사용했을 때에는
다른 재료들에서 생성되는
인조 다이아몬드의 양보다

인간들의 인골을 사용했을 때가
가장 많은 량과
가장 좋은 품질의
인조 다이아몬드가
만들어진다는 사실입니다.

(2) 이렇게 절대자로서 창조주이신
    큰 말씀 하느님께서는 인간생명의
    육신몸들에 있어서도
    그 원료나 재료들을
    "탄소" 성분들을 주재료로 삼으셔서,

    ①다이아몬드의 생성과 그 과정들을
      모델로 한 방법으로서,

    ②인간생명의 육신 몸들도
      그렇게 영원히 없어지지 않는
      금강석처럼 그렇게
      만들어 오신 것 같습니다.

③또한, 인간생명들이 식재료로 삼는
주된 것들에도 이렇게 탄소 성분
들로 이루어진 것들이 많습니다.

④이제 인간생명의 육신몸들에 대한
구성에 대하여 창조주로서
하느님이신 절대자 큰 말씀님의
뜻과 목적, 그리고 그 계획이
어떠한 것인지 등.
피조물들로서 이지만
많은 이해가 되었으면 합니다.

7. 그리고 피조물들인 인간 사람들은

(1) 창조주요 조물주이신
    큰 말씀 하느님의 형상체를 가진
    유전자로 되어 있습니다.

(2) 그래서 천지자연은
    그러한 인간 사람들을
    큰 말씀 하느님의 형상체와
    똑같이 완성되도록 익히는 도구로
    큰 틀인 대우주요,

(3) 인간사람들은
    무위로 익어가는 작은 틀로서
    소우주라고 하는 것입니다.

8. 또한 인간생명인 사람들은

(1) 아픈만큼만 성숙하는 것이기에
    미운아이 떡 하나 더 주고
    귀여운 자식 매로 친다는
    속담처럼,

(2) 큰 말씀 하느님께서
    사랑하시는 자 일수록
    온갖 고통들을 겪게 하시며
    숙성을 시키시는 것입니다.

9. 곡식농사 등에 있어서도

(1) 농부라면, 누구나가 어떻게
    하든지 간에 곡식에게 비료들을
    듬뿍듬뿍 많이 주고 싶지만,

(2) 그러나 그렇게 비료들을
    너무 많이 주게 되면,

(3) 줄기나 잎 등은 무성해 지지만,

(4) 그로 인해서, 열매가 되는
    알곡들은 많이 맺히지 못하게 되어
    결실이 초라합니다.

10. 그래서 현생의 삶들이 풍족하지
    못할수록 지상천국에 들어갈
    확률이 높은 것입니다.

11. 성경 말씀에
천국에 가는 것에 대하여

(1) "부자들이 천국에 가는 것보다
약대(약한 사람)가 바늘 구멍을
통과하는 것이 더 쉽다."
라고 하여 놓았습니다.

(2) 이 세상에서 핍박받고
　　고생하시는 창생 여러분!
　　마지막까지 힘을 내어
　　이겨 내십시오.

　　꼭 이긴 자가 되어야 합니다.
　　이제 끝에까지 다 왔습니다.
　　파이팅!

12. 자유(自由)

(1) 인간 생명들의 완성을 위한
   "과정의 세상"인 선천세상에서는
   생(生)과 사(死)와
   각종 병들과, 늙음 등
   인간생명들의 자유(自由)는
   "상대적"이었습니다.

(2) 그러나 인간생명들이
   완성된 세상인,

①후천의 영원한

　　오만년(영원하다는 뜻)의

　　선경 세상인 "지상천국"에서는

　　인간생명들이 살아서

　　완성된 상태로서,

②더 이상 생(生)하여서

　　태어나는 법이 없으며,

　　사(死)하여서 죽어 없어지는

　　망(亡)의 법도 없어집니다.

③그리고, 각종 병들과

　　늙음 등이 없어지기 때문에,

④인간 생명들의 자유는

　진정한 자유인 "절대적 자유"를

　누리는 "자유지자(自由之者)로서

　살아가게 됩니다.

13. "양치기 소년"의
이야기가 "내포한 뜻"

(1) 아마도 "양치기 소년"의 이야기는
   전 세계에 널리 유포되어
   "회자"되고 있는 이야기 일
   것입니다.

(2) 그렇듯이, 우리나라 속담에서
   ①"방귀가 잦으면 '결국'에는
   똥을 싼다."라는 말이나,

   ②"아니 땐 굴뚝에 연기나랴"라는
   말처럼

(3) 우리나라 사람들의
    "생활풍습"들 속에서도
    끊임없이 회자되는
    "신선세상" 이야기는,

(4) "조물주요 창조주"이신
    큰 말씀님의 뜻대로,

(5) "궁극이자, 결국"에는
    "생명완성의 세상"이 이루어지는
    것을 비유한 것으로서,

(6) 하느님의 "생명완성 세상"을
    인간세상에서는 "신선세상"이라
    일컫는 것입니다.

다. 구속하시는 하느님

1. 구속(救贖)

(1) 구속이란?
　　①인생은 거듭나기 위한
　　　고해바다입니다.

　　②그러므로 고(苦)에 대한
　　　모든 것들을 대속하시면서,

　　③구원을 하시는 것을 뜻합니다.

(2) 대속이란?

대신하여 모든 고통들을
없애 주신다는 뜻입니다.

(3) 그리스도란?

구원 또는 구원자라는 뜻입니다.

(4) 적 그리스도란?

①붉은 불(火)의 하느님으로
아버지 "하느님의 부인"이 되시는
남방여왕을 뜻합니다.

②마지막 심판 때에 구원자가
되시어 인간세상에 오신다는
뜻입니다.

(5) 아미타불이란?

　　①어머니 부처님이시자

　　②불교에서 말하는 구원자로서

　　③서방정토 극락세계의 교주이시며

　　④세상의 마지막 때에는
　　　인간의 육신 몸을 입으시되
　　　"도하지 즉 돼지띠 생"으로 오시는
　　　미륵불을 뜻하는 것입니다.

2. 심판

(1) 성경 말씀의 사도행전 17:31
　　①이는 "정하신 사람"으로 하여금

　　②천하를 공의로 심판할 날을
　　　작정하시고,

　　③이에 "저"를 죽은 자 가운데서
　　　다시 살리신 것으로,

　　④"모든 사람들에게 믿을만한
　　　증거를 주셨음이니라." 하니라.

(2) "나" 손정자는

"구속하는 하느님"으로서

①인간의 육신 몸을 입고 왔었으되,

②땅(地)의 도수인 5년이 되는
　다섯 살 때에,

③손병 즉 "손님" 병이 되는
　마마병(하늘에서 내린 병: 천병)으로
　죽어 버렸습니다.

④육신의 부모님들께서는
　벌건 대낮에 아이의 시신을
　가져다가 묻을 수 없었기에,

⑤야밤에 묻으려고 상자에다가
   시신을 담아 두었었는데,

⑥저녁 때가 되어서, "나" 손정자의
   시신을 가져다가 묻기 전에,

⑦그렇게 마지막으로 한번만 더
   보고 싶어서 시신이 들어있는
   상자 뚜껑을 열어보았는데
   "나" 손정자가
   살아왔더라는 것입니다.

(3) 1995년도에, 큰 말씀님으로서

　①천부(天父)님이 되시는

　　하느님께서 "나" 손정자에게

　　하시는 말씀이

　②그 때 "니"가 죽었을 때

　　"내(하느님 자신)"가

　　너의 육신의 부모님인 아버지에게

　③"너"를 간절하게

　　다시 한 번만 더 보고 싶도록

　　그렇게 생각을 주셨었다고

　　말씀하셨습니다.

(4) 그리하여 "나" 손정자는

　　죽은 자 가운데서 살아오는

　　"대속" 공사를 하였습니다.

　　①그리고는 1986년 12월 9일과

　　2018년 9월 3일에도

　　죽었다 깨어나는 대속공사를

　　두 번이나 더 하였습니다.

　　②차마 알고서는 그렇게 겪지 못할

　　것이 되는 만고풍상과 시련들로서

　　"대속"들을 해 왔습니다.

(5) 그러므로 성경의

요한 복음 제5장 24절의 말씀처럼

"내가 진실로 진실로 너희에게

이르노니,

내말을 듣고 또 나 보내신

이를 믿는 자는 영생을 얻었고

심판에 이르지 아니 하나니,

사망에서 생명으로 옮겼느니라".

3. 지상 천국으로 가는 길

(1) 그리스도 교의 메시아에서
    메신저인 예수는
    요한복음 제14장 제6절에서
    예수께서 가라사대,

    "내가 곧 길이요, 진리요, 생명이니
    나로 말미암지 않고는 아버지께로
    올 자가 없느니"라고 비유하여
    말해 놓았고,

(2) 불교에서는 "극락가는 길이
    불이문(不二門)으로서 자신들의
    길, 이 외에는 없다"고 합니다.

(3) 우리나라 민속의 윷놀이에서는
   들어가는 길은 많으나
   나오는 곳은 오직 한 곳뿐이라는
   것을 잘 알려주고 있습니다.

(4) "만법귀일"이라, 이제부터는
   모든 것들이
   즉, 종교나 도(道) 등과 세계 각국의
   나라까지도 하나로 귀속됩니다.

   그래서 대한민국도
   통일된 국가가 됩니다.
   예상외로 빨리 통일이 됩니다.

4. 구속자가 되시는
하느님께서 손씨로 오시는 이치

(1) 십자가의 뜻은
　①기독교에서 생각하는 것처럼
　　예수가 우리 죄를 담당하기
　　위하여 십자가를 지는 것이 아니고

　②하느님께서 오랜 세월 전
　　옛날부터 먼 훗날이 되는
　　작금에 지상천국과
　　신선의 세상인
　　생명완성의 세상을
　　이루시기 위한 뜻이
　　담겨있는 것이 십자가입니다.

③수직선은

하늘(天)과 땅(地)을

상징하며,

하느님의 존재를 나타내는 것과

하느님과 피조물들과의

"위계질서"를 표현하는

상징물이기도 합니다.

④수평선은

피조물들의 존재를

나타내는 것입니다.

즉, 피조물들끼리는 모두가

평등하다는 뜻을 나타냅니다.

⑤그리고 또한, 자식들이

　부모가 되어서

　또다시 자식들을 낳고 기르며

　그렇게 세상을

　왔다 갔다 하면서

　성숙해지는 과정을

　뜻하는 것이기도 하는 것입니다.

⑥북쪽은 부(父), 아버지, 검은색,

　물, 수(水), 김씨, 상(上), 겨울,

　하늘(天) 등을 뜻하며,

남쪽은 모(母), 어머니, 붉은색,
불, 화(火), 이씨, 하(下), 여름,
땅(地) 등을 뜻하며,

동쪽은 자식, 아들, 청색, 나무,
목(木), 박씨, 좌(左), 봄, 남자,
좌청룡, 정신(령) 세상을 뜻하며,

서쪽은 자식, 딸, 흰색, 쇠, 금(金),
최씨, 우(右), 가을, 여자, 우백호,
육신(물질) 세상 등을 뜻합니다.
그래서 "서방정토 극락세계"에서
"서방정토"라는 뜻은 "육신몸"을
깨끗이, 맑게 즉, "완전무결"하게
"이룬다"는 뜻입니다.

⑦그리고 "이씨" 성은
껍데기 역할이고,
"손씨" 성은 알맹이입니다.
(경주시 민속촌
양동마을 구성내용 참조)

⑧그래서 우리 대한민국의
성씨인,
김, 이, 박, 최, 정씨
이 다섯 가지는 하느님께서
인간육신 몸을 입고 오시는
이치를 담고 있습니다.

(2) 알파와 오메가의 이치처럼

　①처음 시작도 복희씨가

　　　풍씨 성으로 시작을 하셨었고

　　　마지막 마무리도 주역에서

　　　만들어 놓은 것처럼 장녀인 여자

　　　로서, 손 풍이 되는 성씨로서

　　　끝을 맺습니다.

　　　그래서 손 풍은 여자를 뜻합니다.

　②근세까지도

　　　경상도 대불무(큰 풀무 : 바람을

　　　일으키는 장치)가 있는 영판이

　　　좋다 즉, "영남 땅의 판이 더 좋다"

　　　라는 말을 많이 사용했습니다.

③도리도리 짝자꿍 즉, 도의 이치는
　손씨에게 있다는 뜻이며,

④쪼막 쪼막, 진 진 진 하면서
　손바닥 중앙을 찌르는 놀이를
　아무것도 모르는 아이들에게
　세뇌를 시키듯이 놀아주면서
　전수하였습니다.

⑤쪼막 쪼막 작은 손(여자를 상징)과
　같은 뜻을 가진 것은 손씨가 여자
　로 오신다는 뜻이며, 진짜 진짜
　주인이라는 뜻이고,

⑥곤지 곤지하면서 얼굴을
가리키는 뜻도
땅이 되는 이치로
반드시 여자 몸으로
주인이 되어 오신다는 뜻으로,

⑦그렇게 아이 때부터
놀이로서 머리에
기억이 되도록
가르쳐 왔던 것입니다.

5. 더 자세히 설명하자면

(1) 짝짜꿍이라는 뜻은
　　①작자궁(作子宮)으로서
　　②지을작(作)과
　　③자궁(子宮)을 뜻하며
　　④인간생명들을 짓는 곳으로
　　⑤여자와 어머니를 뜻합니다.

(2) 쪼막 쪼막, 진 진 진이란
　　①쪼막 쪼막이란
　　　㉠여자의 성기가 하는 작용을
　　　노골적으로 표현하는 말이며,

(3) 진 진 진이라는 뜻은
　　①진짜 진짜 진짜라는 표현으로
　　　우리나라의 관습적인
　　　삼 세번의 표현입니다.

(4) 그리고, "손 바닥"을 콕 콕 콕
　　찌르면서 진 진 진 하는 것은.
　　①손씨를 뜻하는 성씨로서
　　　맨 마지막에 여자이며,
　　　어머니로 오시는 분이
　　　진짜, 진짜, 주인이요,
　　　구세주라는 뜻입니다.

(5) 또한 손바닥을 찌르는 뜻은
   ①맨 끝인 바닥을 뜻하는
      것으로서 "하강말년"의
      세상을 표현하는 뜻입니다.

(6) 그리고 "손님"이라는 뜻의
   "어원"을 살펴보면
   우리나라에서는,
   ①낯선 사람이나 아는 사람을
      만날 때에나

   ②집에 초빙하거나
      찾아 왔을 때에도

   ③"손님" 즉, "손씨 성으로
      오시는 님"을 줄여서 부르듯이

④우리 인간들이

　일상의 삶 중에서

⑤약속을 하였거나 아니면

　불쑥 찾아왔을 때

　"손님"이라고 표현하는 것처럼

⑥그렇게 "구속자 하느님"께서도

　오시는 이치가

⑦"손씨 성을 가지고 오시는 님"인

　"손님"으로서 오신다는 것을

　언어 풍습 속에다가 이미

　간직하고 살아왔던 것입니다.

(7) 그래서, 실재하시는

   하느님께서 그 존재를

   ①왜! 이제야 확실히

      이 세상에 모습을

      드러내시는지와

   ②그래서, "구속자"로서

      이 세상에 "하강" 하시는 것이

(8) 세상의 사람들 중에서

   ①어떤 이들에게는, 불쑥 찾아오는

      "손님"과 같이 생소하면서도

      낯설게 다가올 것이고,

②또 어떤 이들에게는
이미 오래 전부터 알고
있었다는 듯이 그렇게
당연한 듯 편안하게
다가올 것 입니다.

③그러나, "하느님을 사칭"하고
"혹세무민"하는 자들에게는
무언가 불편하고 마뜩잖게
다가올 것입니다.

④"회개"하시고 "진짜 하느님"을
따르십시오. 그렇지 아니하면
"천벌"을 받습니다.

(9) 알궁 달궁 자란다.

　　(아기인 어린이가

　　알궁달궁으로서 자란다.)

　　①알궁 - "남자의 불알"이

　　　있는 집이라는 뜻.

　　②달궁이라는 뜻은

　　　㉠"달"은 여자 자식인

　　　　"딸"을 뜻하는 것이며,

　　　㉡또한 "다알"이 되는

　　　　"달"로서 여자도

　　　　"알"의 집이다. 라는 뜻입니다.

③선천세상에서는 남자 자식인
아달(亞月: 아해) 즉, 딸보다 버금
(둘째) 가는 해(日)로서의
"아들"이 주인(主人) 대접을
받으며 살았는데

④후천세상(진짜 세상)에서는
여자와 자식으로서
여자가 되는 "딸(달)"이
주인(主人) 대접을 받으며
살아가는 세상이 됩니다.

⑤이것이 "주역"의 "천지비" 쾌에서
"지천태" 쾌로 기운이 옮겨가는
것을 뜻합니다.

⑥이제부터 세상은 서서히
"여성 상위" 시대로 기운이
옮겨가고 있습니다.

(10) 우리나라의 생활 및 언어 풍습
속에는, 인간생명들이 살아가는
목적과

(11) 하느님께서 이 세상에 강림하시는
이치가 다 들어있습니다.

6. 위계 질서

(1) 천지(天地)는 부모로서,
　　①하늘(天)은 "아버지"가 되므로

　　②"천부님" 즉, "하느님
　　　아버지"라고 부르고 있으며

　　③땅(地)은 "어머니가 되므로
　　　"지모님" 즉, "어머니
　　　하느님"이라고 부릅니다.

(2) 일, 월, 성진(日,月,星,辰)에
있어서는

①"해"가 되는 일(日)은
군화(君火)로서 비로자나불이자
일면불이며 "진정한 뜻"으로는
"맏아들"로서 천자(天子)가 됩니다.

②"달"이 되는 월(月)은
"항아"와 항아리로서
"맏딸"을 뜻하거나,
"맏며느리" 또는 월면불로서
"천자비(天子妃)"를 뜻합니다.

③성진(星辰)은, 그 다음이 되는
"딸"들이나 "아들"들이 되는
것입니다.

④그리고, "수많은 뭇별"들은
"피조물"들인 "창생"들을
뜻합니다.

(3) 이 "뭇별"들에도 "위계질서"가
있습니다.

(4) 이렇듯이, "시간"과 "계절", 그리고
"공간"에도 "위계질서"가 있는
것입니다.

(5) 그러나, "하느님" 앞에서는

　①"피조물"들로서 인간생명인
　　사람들은

　②개개인들 모두가 다
　　하나인 "개체의 생명"들로서

　③"평등"하고 "공평"하게 "공존을
　　위한 행위의 삶"을 사는 것이
　　"의(義)"로운 삶이 되듯이

　④"후천세상"에서는 그렇게
　　공정하고 "의(義)"로운 삶에 따른
　　"자유지자"로서 살아가게 됩니다.

(6) 위와 같은 "이치"들에 따라
다른 나라에서는 오행으로
작용하는 절기가 있는 음양력을
한국처럼 확실하게는 사용하지
않습니다.

①그리고 또, 사계절은 한국이
가장 뚜렷하게 작용하기 때문에
세계에서 대표격이며

②그래서 사계절은 인간추수와
지상천국을 이루는 이치입니다.

(7) 선천세상에서는

①추운 겨울의 기운이 없으면 "식물"들은 열매를 맺을 수가 없습니다.

②따듯한 봄의 기운이 없으면 "식물"들은 꽃을 피울 수가 없습니다.

③뜨거운 여름의 기운이 없으면 "식물"들의 열매나 몸통들이 성장할 수가 없습니다.

④서늘한 가을의 기운이 없으면 "식물"들은 열매 등의 결실이 되지를 않습니다.

(8) 그러나, 모든 것들이 완성된
후천세상에서는, 이러한 기운들이
모두 없어지고서도
열매들을 수확합니다.

(9) 씨앗으로 인한 파종들도
없어집니다.

라. 구속의 삶

1. 여정

(1) 험준한 인간사에 얽매인 인생
    험하고도 힘든 길 시달리는 길
    가도 가도 끝이 없는 험한 이 길을
    세월 따라 흘러온 고달픈 여정에
    고목에서 잎이 피고, 꽃이 피고,

마디마다 열매 맺는 때가 왔구나.
때가 왔다 때가 왔다.
무궁무진 때가 왔다.

천지조화 때가 왔다.
생명완성 때가 왔다.

삼신산 불로초로
늙음과 죽음이라는 병을 고치고
불사약 해인으로서
하느님 따라 영생하세.

2. 삶의 종점

(1) 예수, 석가 믿음에 죽어서 천국,
    극락 간다고 하나 그러한 이치도
    그러한 법도 없습니다.

    살아있는 생명으로서
    이렇게 살아있는
    육신의 몸을 가지고서

    신선이 되는 세상이 천국이요,
    극락이라는 세상이고
    용화 불이 되는
    부처의 세상입니다.

(2) 절간에 피는 꽃인 우담화는
    삼천년마다 한번씩 핀다고는 하지만
    무궁화로서 영생하게 되는 사람 꽃은

    수수억년 만에 피는 꽃으로
    전무후무 처음이자 마지막으로
    단 한번만 피는 꽃이기에.

(3) 이렇게 인간생명들이

　　　영생화로 피어나고

　　　꿈같은 세상인

　　　지상천국이 시작되는 곳,

　　　그곳은 땅끝마을

　　　해가 떠오르는 곳인

　　　영일만의 새 포항 땅에서부터

　　　시작합니다.

(4) 해뜨는 영일만의 새포항 땅에는

　　　하늘의 햇님, 달님 미소 지으니

　　　각색꽃이 만발하며, 향기를 품고

　　　노랑나비 흰나비들 모여들어

　　　춤을 추는 곳,

　　　만백성의 환호성이 충만하도다.

3. 권 농가

(1) 손정자와 박영복은 결혼으로
    인간 세상에서의 부부가 되어
    작물로 곡식농사 짓는 농부가
    되었드래요.
    보잘 것 없는 초가삼간
    보금자리이지만 참으로 아름답다.
    우리네 농촌은

(2) 뒷동산 숲 속에는 새들이 지저귀고
    앞 냇가 맑은 물에는
    고기떼 헤엄쳐 놀며
    푸르른 풀밭에는 송아지가 뛰면서
    놀 적에 황소 몰고 들에 나가
    묵은 밭 갈아엎으니

(3) 그윽한 흙 냄새 신선한 향기 돌고
    뿔뿌리 주먹돌들을 추려모아 버리매
    기름진 옥토가 되어 살이 쪘구나.
    씨앗뿌려 가꾼 곡식
    수백 배로 열매 맺으니

(4) 하느님께서 베푸시는
    은혜가 이 아닐런가.
    삼천리 창생들아 나가서 일하듯이
    님 마중가자 "사유종시" 때 놓치면
    천추의 한이 되리.

    남쪽나라 내 고향에
    완성된 꽃 무궁화로
    금의환향하세.

4. 인륜의 정

(1) 박영복과 손정자는 부부가 되었기에
　　남 모르게 밤동산에
　　산보(데이트)를 가서
　　처량하게 여린 달빛
　　가슴에 안고

　　여보, 당신 부르면서
　　놀던 그 정은
　　삼사월 꽃과 같이
　　피던 정으로
　　구, 시월 낙엽되면
　　떨어지는구나.

5. 사별

인삼 녹용 좋다해도
늙는 길은 못 막으며
진시황제 불사약도
죽는 데는 허사로다.

먼저 가버린 남편에 대한
모든 사랑과
애정과 그리움을
저 하늘에 띄워놓고

인간사 이 세상에서
아무리 애를 쓰며
손 내밀어 안간힘을
다해보아도
저 하늘의 달처럼
잡히지가 않는구나.

6. 구원

(1) 이 몸은 영원히 영원히
　　지지않는 영생화가 되어서
　　먼저 가버린 이시여,
　　내 손으로 꼭 잡을 것이로다.

(2) 육신은 비록 낙과가
　　되어 버렸지만
　　그 영혼은 윤회로서
　　범나비가 되어서라도
　　나의 곁으로 꼭 돌아오기만을
　　기다리는도다.

(3) 삼월이라 춘삼월 피는 꽃같이
    전무후무 처음 피는
    인간 꽃 영생화로
    다시 피어나거든 범나비처럼
    그 꽃으로서 같이 앉아 놉시다.

7. 기다림

(1) 가신님이 신선같은
    나비가 되어서
    돌아오기까지 기다리는
    야속한 세월아

    하루가 천년같이
    지겨운 이 마음은
    구, 시월 시단풍인
    낙엽만 떨어져도 님의 생각

    춘산에 봄이 오니
    꽃만 피어도 님의 생각

(2) 삼월이라 삼진 날은
    강남제비 돌아오고
    오월이라 단오날은
    이도령 춘향이가
    그네 타며 조우하고

    칠월이라 칠석날은
    견우, 직녀 만나는데
    우리 님은 별나라 갔으나,

(3) 일월대명 밝은 날에
   태평 성대가 이루어지면
   환생한 신선되어
   재회를 하게 되니

   수천만년 맺힌 설움,
   그 모든 원한들이
   봄빛 속에 눈 녹듯이
   다 녹아지고
   새싹들이 돋아나네
   우리 춘절 좋을시구.

(4) 시구 시구 좋을시구

　　양춘삼월 좋은 시절

　　산간초목에 단 사월이요

　　영생화가 만발하는

　　인간 천지는 만사춘이로구나.

마. 오도송(悟道誦)

그리운 가슴으로 정을 재우고
기다리는 마음으로 한을 달래네

부모님 살아생전 늦둥이 날 기르시며
청운의 뜻 이루기를 빌어주시던
그 추억을 그리며

눈물도 한숨도 남몰래 감추고
연모하는 순정을 담아 불러 봅니다.

오늘 이 밤도 잠 못 자며, 지새우는데,
그 옛날 서린 한이 왜 이리도 생각날까.

부모님 지극정성 태산이 되어
아름답게 쌓아 올린 공든 탑이기에
꿈에도 잊지 못할 사랑이지만

이제야 알고 보니 선천세상의
모든 행복과 사랑들은
바람 결에 훨훨 날려버리고

영원, 영원히 지지 않는 무궁화로서
인생 꽃 영생화로 피어나는
진부모 큰 말씀님의 빛 세상을
맞이합시다.

바. 큰 말씀님의 사랑

나의 근원 큰 말씀님
친히 강림 하셔서

이 땅위에 지상천국
이루어서 주시고,

우리 몸을 영원히 영원히
천년만년 지지 않는

완성된 인생꽃 영생화로 피워서
금빛장식 참 세상에

금의환향 시키셨네
모든 것이 은혜로운
큰 말씀님 뜻이라.

(곡명은 마음에 오는대로 불러보세요)

(갑자기 괴롭거나,
아플 때 등에 부르면 좋은 노래입니다)

사. 구속 공사의 삶

1. 구속 공사를 해야되는 이유

(1) 작금의 이 세상은
   선천의 세상으로서
   상극의 세상이기도 하지만은

   창생들의 의지처로서
   종교 등을 만들어 놓았으나
   지도자들이 되는 사람들은
   공공적인 자리인데도
   그 자리들에 앉기만 하면

거의 대다수의 사람들이
하느님의 뜻을 따르기보다도
그 자리의 "본분"들을 내다버리고
오히려, 그 하느님을 등에 업고서는
그것을 빙자하여 그 권세만을
누리려 할 뿐, 아무것도 모르면서도,

아는 척을 하면서, 또한 사람에 따라
예수나, 석가 또는 공자 등 등을
등에 업고 빙자하면서
그것을 따르는 무리들이
눈 뜬 장님같이 무식하다는 것들을
이용하여 재물을 짜내는 것과

권세를 누리고 군림하는 방법들만을
연구하여 그러한 권모술수들로서
나약한 창생들의 등을 쳐먹는
기생충 같은 존재로 전락하여
혹세무민들을 일삼아 해 왔기에

(2) 또한 국가로서 정부를 만들어
창생들을 다스리게 하였으나
과거의 시대에나
우리나라 현세시대의
행정부 사법부의 관리나

입법부의 위촉 관리들도 마찬가지로
거의 대다수의 사람들이 공공적인
그 자리들을 이용해서는

개인이나 단체 등의 이권들을
먼저 챙기고

"의무감"과 "공익"보다는
사익을 쫓기에 바쁘며
"책임감"과 공존보다는
특별한 우월감들을
향유하고 즐기는 것으로서

오죽하면 공무를 즉, 공공의 업무를
보는 공무원의 입에서 국민들을
개, 돼지와 같은 짐승으로
취급하는 언사로서
있을 수 없는 막말을 쏟아내고
있는 것일까마는

그래도 부끄러워하는 인간은
한명도 없으며
종교인들처럼
사리사욕과 집단사욕과
재물과 권세를 챙기기에만
몰두하며

상대를 존중하기 보다는 무시하면서
군림하려고만 할 뿐, 그리고 배려에
의해 상생하는 공존보다는 상대를
없수이 여기고, 내가 또는 우리가
특별하고, 최고라는 교만들만 가득할 뿐
"본분"들은 간곳이 없으며,

(3) 기업을 하는 인간들조차도
    더불어 살아가라고
    하늘에서 재물을 부어주면

    자신이 잘나서 그런 줄을 알고서는
    기고만장하여, 교만방자해져서
    상대들을 기만하고 자기 자신만이
    최고이고 전부인줄 착각하며

(4) 개개 일반의 창생들까지도
    벌떼처럼 일어나는 욕심들을
    다스리지 못하고
    주체하지 못하여서

원리원칙과 경우를 무시하고
인간이게 하는 최소한의
윤리 도덕으로서, 상대를 존중하고
배려하는 "예"와 평등과 공평으로서
상대와 "공존"하기 위한 "의" 조차도,

그것이 "상생하게 하는
이치"인 줄을 모르고서는
그러다가 한 술 더 떠서
정직하지 못하고
거짓말로 상대를 모함하고

약육강식으로서
적자생존의 세상을 만드는데
일조한 것까지는 좋았으나

그러한 패악들을
저지르는데 있어서는
개인과 모든 집단들이
거의가 이러하니, 그로 인하여
민심이 곧 천심이라 하듯이

천지도 그렇게 감응하여
이상기후와 지진
그리고 화산의 폭발 등
재앙과 재난으로
지랄 발광들을 하게 되고

그래서, 인간생명들과
그들이 집단으로
살아가는 곳인 나라와

단체들에게도

이름 모를 병균에 의한

병난들이 창궐하여

재앙이 되어

부메랑처럼 되돌아오게 된

것입니다.

(5) 그래서 인간들의 이와같은

잘못들로 인하여

자업자득으로서

이 세상의 마지막 때가 된

이 때에

이렇게 이름모를

병겁과 재앙들이

세상과 인간생명들을

전멸지경에 이르도록
피조물 스스로들이
그렇게 만들어 왔던 것입니다.

(6) 그래서 세상의 마지막 때에는
　①수천 수만마리 닭들 중에서도
　　그 한 마리는 봉황일세
　　라는 말처럼,

　　영적 지도자가 이 세상에
　　출세를 하여서
　　조화세상 성, 경, 신의 시대를
　　이루어야 만이
　　상극의 이 세상이 없어지고

상생의 즐거운 세상이
만들어 지면서
영원히 살 수 있는 꿈 같은
신선세상의 시대가
이루어지지만

그러나 창생들이
목 넘기기가 어렵다고
큰 말씀 하느님께서는
말씀하십니다.

(7) 그렇기 때문에
부득불 하느님의 뜻을
이루기 위해서는

나쁜 기운들이 만연하여
사라질 위기에 처한
천지 우주와

자정 능력들이 없어서
전멸 지경에 이른 창생들을
구제하기 위한 것으로서
구속 공사를 해야만 되는
것이었습니다.

(8) 큰 말씀 님께서는

증산 상제님으로 오셔서

공사를 하신 말씀 중에

"가구판 노름의 규범"이라 하시면서

①좌선 438 천지는

망량(도깨비)을 주장하고

951 일월은

조왕(가택의 주인신)을 주장하며

276 성진은

칠성(수, 화, 목, 금, 토, 일, 월)을

주장한다.

②운(運)은 지기금지 원위대강
이니 무남녀노소 아동으로
영이가지 하라.
(염불하듯이 노래를
열심히 부르게 하라)

시고로 영세불망 만사지 하니
(그러면 영원한 세상이
잊혀지지 않고 이루어지니)

시천주 조화정 영세불망
만사지니라.
(그래서 진짜 하느님을 모시면
영원한 조화세상에 들어가게 된다)
라고
화토(花土) 구속공사의
뜻을 밝혀 놓으셨습니다.

2. 구속 공사의 종류

(1) 화토(花土) 공사와
　　천자피검도수공사
　　①정신이 없도록 일방적으로
　　　　두드려 맞고도
　　　　반대로 두드려 팼다는
　　　　적반하장 공사.

　　②국가로부터 사법기관의
　　　　검사들에 의해 없는 죄를
　　　　뒤집어쓰는 공사.

행정부의 경찰에 의해
누명을 뒤집어쓰는
성추행 모함 공사.

행정부의 행정관리들에 의한
법리오판 공사.

사법부의 판사들에 의해
법조문에 없도록 되어있는
죄를 뒤집어쓰는 공사.

사법부의 변호사들에 의해
없는 죄가 있는 죄로 둔갑되어
뒤집어쓰는 공사.

③대순공사,

　　각종 고통 대속 공사

　　죽음 대속 공사

　　궁핍한 생활 공사

　　오만가지 각종 병들의 대속 공사.

　　핍박 받고 천대받는 공사

　　조소를 당하는 공사

　　하느님의 메시아로서

　　대접받는 공사.

　　등 등을 이루다 적시할 수 없을

　　정도로 만고풍상을 겪는

　　대속공사 등을 해 왔습니다.

(2) "나" 손정자의 인생 삶 자체가
　　모두 구속하는 대속공사이기
　　때문입니다.

(3) 일부 대속 공사들에 있어서는
　　전술한 바가 있습니다.

(4) 전멸 지경에 이른 인간 생명들의
　　목숨을 살리기 위한
　　구속의 대속 공사로서
　　①짐승인 동물들의 목숨으로
　　　대체하는 공사도 했기에.

②특별히 우리나라에서만이
　짐승들인 소들과 돼지와
　닭과 오리 등이
　더 많이 죽게 된 것입니다.

(5) 지진과 태풍, 화산폭발,
　가뭄, 한파, 폭설 등의
　재앙과 재난의 공사들도
　천지신명 48신장들을 내려세운
　화토(花土: 꽃 화, 이룰 토) 공사로서
　구속의 대속 공사를 하였습니다.

(6) 옥추문을 열고
　　천계탑으로 하느님께서
　　하강하시는 해인(海印) 공사도
　　해 놓았습니다.

(7) 천지대운에 도수가 있고
　　인간대업에 기회가 있나니
　　만일 도수를 어기고
　　기회를 놓치면 천하창생들이
　　살아남을 자가 없습니다.

(8) 세상에서 아무리 난다긴다 또는
    내가 진짜 하느님이라고
    주장하는 사람들이 설쳐대지만
    전멸지경에 처한, 온 세상 사람들을
    살리기 위한 공사를 하는 이는
    "나" 손정자가 아니고는 없습니다.

(9) 성경 말씀에

    ①하느님께서
       이 세상에 오시는 이치는

    ②받은 자 밖에는
       아무도 모른다고 되어 있습니다.

3. 화토(花土: 꽃 화, 이룰 토) 공사

(1) 세상에서는,

　중국의 진시황제가

　말 위에서 천하를 얻었고,

　우리나라의 옛날옛적

　신라시대에 김 유신 장군이

　말 위에서 삼국을 통일시켰지만

(2) "나" 손정자는

　　후천세상의 주인(主人)으로서

　　앉아서, 48신장을 내려 세워서

　　거느리고는 화토 놀음 공사로서

　　천하세상의 통일을 이루고

　　천하 창생들의 통일도 이루어서

　　지상천국을 이 땅 위에다가

　　반본환원을 시키고 있으며,

(3) 천하창생들도

　　생명이 완성된 꽃인 무궁화로서

　　영생화로 만들어서

　　남쪽나라 고향인

　　이 땅 위의 지상천국에

　　금의환향 시키는 공사인

　　화토 공사를 계속하고 있습니다.

4. 천자 피검도수 공사

(1) 전멸 지경에 이른
   천하창생들을
   살리기 위한 공사로서
   큰 말씀 하느님의
   제비(帝妃)가 되어서
   강남에서 물고 온
   박(朴)씨 천자(天子)에게
   없는 죄를 뒤집어 씌워서
   감옥살이를 시키는
   구속 공사로서,

(2) 분하고 억울하게
    누명을 썼지만은
    이렇게 구속 공사를 해야만이

    천하 창생들이
    목을 넘기기가 어려운
    이 마지막 때를 무사히 넘겨서
    "나" 손정자를 찾아오게 되면,
    지상천국에 가게 되는 것입니다.

(3) 예수의 비유처럼
    "나를 말미암지 않고는
    아버지 나라에 들어갈 수 없다"
    라는 말을 직역해 드리는 것입니다.

5. 대순 공사

(1) 대순 공사는
   아직까지도 하고 있습니다.

(2) 인간들은
   하늘이 "무심"하다고들 하지만,

(3) 개개 인생들의 전생이나 현생에 의한,
   "자업자득의 결과물"들에 대해서는,

(4) 개개인의 "자정의지"에 따른
   "순환법칙"의 절차와 과정의
   방법에 맡길 뿐.

(5) 하느님께서도

"공평함"을 떠나서는

"사사로움"으로 특별히

어떻게 무엇을 챙겨주실 수가

없는 것입니다.

(6) 그래서

"모두의 공평무사함"의 "순환"을

위해, 아직까지도 "대순공사"를

계속하고 있는 것입니다.

6. 지진 등을 막는 공사

(1) "나" 손정자가
   1995년도부터 지금까지
   하느님과 함께 하면서
   큰 말씀 하느님의 지시대로
   천지개벽 공사를
   해오지 않았다면

   2016년부터 지금까지
   대한민국의 인간들은
   거의 다 죽고 없습니다.

(2) 그 이유는 좁다고 생각되는

이 대한민국 땅의 내륙에서

8.0 도수의 지진이 한번오고,

그 뒤를 이어서 7.5 도수의

지진이 세 번 더 왔었다면

이 땅의 사람들은 거의 다 죽고

없게 되는 것입니다.

(3) 생각들을 한번 해보세요.

우리나라 같이

좁은 이 땅의 내륙에서

앞에 왔던 지진들은

"나" 손정자가

큰 말씀 하느님의 지시대로

새로운 천지(신천지)를 위한

개벽 공사를 해 왔었기 때문에

그나마도 8.0 도수 또는

7.5 도수 정도의 지진이

일어날 것을 줄여 가지고서는

적게 일어나도록 한 것입니다.

(4) 그래서, 세계의 지진들을
예언했던 예언가들이
자기들의 예언대로
분명히 한국에서 지진이 심하게
일어날 것을 예언한 것들이
맞지 않는 것에 대하여
그럴리가 없다면서
이상하다고만 할 뿐

이렇게 "나" 손정자가
큰 말씀 하느님과 함께
역사하신다는 사실은
까마득하게 모르는 것입니다.

7. 제일 첫 번째 했던 지진 막는 공사

(1) 1995년도 5월 29일

날짜를 전후하여

"러시아"에서 큰 지진이

7.5 도수의 크기로 발생하여

삼천오백여 명이 사망했을 때에는

(2) 그 지진이

우리나라의 "울산"에서

터져 나올 불덩어리로서

"나" 손정자가 큰 말씀 하느님의

지시대로 일을 해 왔기 때문에

그 당시의 러시아 사람들에게는

미안한 마음이지만

어쩔 수 없이 내 입에서

나오는 말 그대로

"러시아"에서 그렇게

큰 지진이 일어나게

되었던 것입니다.

(3) 만약에 우리나라 울산에서

그 지진이 일어났으면

부산에서부터 동해안을 거쳐서

대구까지 모두 다

싹 쓸어 버렸을 것이고

①그랬을 경우에는 알파와 오메가의
이치를 뜻하는 곳으로

②이 세상에서 세계의 중심이 될
한국의 영남 땅 판과 그 핵심이 되는
영일만의 포항 땅이 없어지면서

③"구속"을 하려고 이 땅에 내려온
"나" 손정자도 같이 함께 사라지게
되는 것이기에

④이 세상은 영문도 모른 체 불바다가
되어서 멸망해 버리고 없어지게
됩니다.

⑤그리고 "하느님의 입장"에서는 인간
  세상을 처음부터 또다시 시작해야
  될 일이 일어나게 되기 때문에
  그렇게 되지 않도록

⑥"나" 손정자가
  "구속 공사"로서 막았다고
  큰 말씀 하느님께서
  말씀을 해 주셨습니다.

(4) 이 뿐만이 아니라

모든 재앙과 재난이 되는

병겁에 의한 병란과 지진,

태풍, 홍수, 가뭄 등 등을 막기 위해

큰 말씀 하느님의 지시대로

천지개벽 공사를 해 왔습니다.

(5) 2016년도 9월 12일

날짜에 경주에서

5.8 도수의 지진과,

2017년도 11월 15일 날짜의

포항에서 5.4 도수의 지진이

발생한 것도 7.5 도수의 지진이

일어날 것을 최소한으로

줄이기 위하여

큰 말씀 하느님의 지시대로

"나" 손정자가 있는

포항의 한나라당 사무실과

그 후 새누리당 소속의

국회의원 박oo을 찾아 갔으나

하늘의 뜻은 전하지도 못한 체

쫓겨나고 말았습니다.

(6) 2017년 11월 15일 날에

포항에서 5.4 도수의 지진이

일어날 때에도

"나" 손정자는

큰 말씀 하느님의 지시대로

그 5일 전인 2017년 11월 10일
날에 포항에 있는 내 집에서
동, 서, 남, 북에 있는
파출소를 찾아가서는
"나"는 세상을 위하여
이러저러한 일을 하는 사람이다.

그러므로 "나"를 조금이라도
도와달라 라고 부탁을 하였으나
콧방귀만 뀔 뿐
가는 곳마다 광인 취급만을
받으면서 문전박대를 당하였습니다.

(7) 그러나 그 와중에서도

죽도 1 파출소의 이oo 순경은

그래도 "나" 손정자가

하는 말이라도 모두 다

들어주는 것이었습니다.

(8) 그래서 "나" 손정자가

그 이oo 순경에게

앞으로 일주일 내에

포항에서 큰 지진이 7.5 도수 정도로

일어나게 되는데

그것보다는 적게 일어나게 되도록
하는 공사를 "나" 손정자가 하고
있으므로 그것에 대하여
나에게 도움을 좀 주세요 하면서

(9) 이제 선천 세상은
끝날 때가 되어서
세계 여기 저기에서
지진, 화산폭발,
홍수, 전쟁 및 태풍,
산불, 가뭄, 한파, 폭설 등의
재앙과 재난 등이 일어납니다.

우리나라라고 해서
지진 등등의
재앙과 재난 등이
일어나지 않는다고
보장을 할 수가 없습니다.

(10) 그러나 우리나라에는
"나" 손정자가, 1995년도부터
큰 말씀 하느님께서
시키시는 일들을
지금 이 때까지 계속하여
모두 다 해 왔기 때문에
그래서 우리나라가
세계에서는 천재지변 등이
제일 적게 일어나는 것이며,

(11) 또한, 우리나라에서
　　　포항의 재앙과 재난의 피해 등이
　　　그나마 제일 적은 것은
　　　앞으로 오는 세상에서
　　　이 포항이 "땅"의 장소로서는
　　　완성 십(十)이 되는 "십승지"요,
　　　"사람"으로서는 "이긴 자"인
　　　"나" 손정자가 완성 십(十)이
　　　되는 "십승지"로서,

　　　이 포항 땅과 "나" 손정자가,
　　　알파와 오메가에 따른
　　　"십승지"로서, 멀지 않은 시기에
　　　세계의 수도인 서울이 되고
　　　우리나라가 세계 일등강국이
　　　되기 때문이라고 말해 주었습니다.

(12) 그러면서
    "두고보소, 내 말이 바보가
    하는 말같이 들리겠지만
    내 말들이 모두 맞는 말이다"
    라고 하니까

    이oo 순경이
    받아서 하는 말인즉슨
    "말씀들은 모두 다 좋구만은
    나는 도움을 줄 수 있는
    힘이 없습니다" 라고
    하는 것이었습니다.

(13) 그래도 지금까지

   "나" 손정자가

   만나 본 순경 중에서는

   제일 착해 보였습니다.

8. 작금의 시대에 병겁인
코로나에 대하여

(1) 지금까지 인간들이
   해온 일들에 있어서
   하늘의 법이나 땅의 법이나
   모든 법들은 다 뒷전에
   쳐 박아 두고서는

   자신들의 알량한 권세욕에
   눈이 어두워
   법과 제도와 창생들을
   난도질하고 있습니다.

(2) 성경 말씀에는

예수는 비유자요,

또한 예수는 믿지 말라고

하여 놓은 것과

목사들 입에서 사악들이 나와서

세상에 두루 퍼진다고 되어있는

구절에 따른 하느님 법을

모르는 신도들이 하느님이 아닌

목사와 신부들의 종살이를

하고 있으며,

(3) 또한 성경의 말씀에서
     공의대로 소송하는 자도 없고
     진리대로 판결하는 자도
     없다고 해 놓은 것처럼,

(4) 천자피검 도수에 의한
     법 대속 공사를 하다 보니까
     판, 검사들이 법과율과
     제도에 있는 그대로
     공정하고 정직하게
     조사를 하고
     판결을 하면 좋으련만,

자신들의 권세만을 믿고서는
종교인 들이 하느님의 법을
무시하는 것처럼

그렇게 법조 공무원들도
자신들을 존재시키는
근간이 되는 것으로
법과율과 제도를 무시하고서는

공명정대하지를 못한 체
자신과 자신들 집단의 기득권들을
지키기 위한 것에만 혈안이 되어
"본분"을 망각하고서는 도리어
법과 제도와 창생들을
난도질하는 것이었습니다.

(5) 천자피검 도수의
     당사자인 천자는
     하늘의 뜻이라 생각하고
     담담히 받아들였지만

     경찰과 검사들은 죄 없는 사람에게
     누명을 씌우고 그것에 일조하는
     판사들은 법대로 진실하고
     공정하며 정직한 판결을
     하지 않음으로서

잦아져야 될 코로나의 확산세가
천자를 구속시켰던
2021년 4월 8일 밤부터
더욱 더 기승을 부리며
확진되는 현상들이
일어나게 된 것입니다.

(6) "진실은
하늘도 어쩌지 못한다"라고
하였습니다.

사법부를 포함한
모든 관료들에서 거의 대다수가
자신들의 권세욕에만 눈이 어두워

하늘이 두려운 줄을 모르고
그렇게 진실하게
공무를 보지 않았기 때문에
그러한 잘못들로 인하여
코로나가 더욱 더 기승을 부리며
확진이 계속되고 있는 것입니다.

(7) 창생들에게는
행정부, 사법부, 입법부 등이
"필요악"일 수도 있지만은
그러나 어쨌든
거의 대다수는
참으로 기생충 같고
암적인 존재들입니다.

그러나 하늘이 있기에
모든 거짓과 허장성세들에도
그 끝은 있는 법입니다.

(8) 코로나는
큰 말씀 하느님의 지시대로
하늘의 뜻을 따라서
일하는 사람의 "의도"대로
"천기누설"이라는 이 책이
세상에 나오는 순간부터
쉽게 사그라지며
마무리가 될 것 입니다.

(9) 또한 "나" 손정자와 이 "천기누설"
　　속의 말을 듣거나 읽어서
　　믿고 따르는 사람들은
　　절대로 코로나에 걸리지 않습니다.

　　뿐만 아니라 성, 경, 신을 다해서
　　지극 정성으로 따르는 자들은
　　모든 고통들과 병과 늙음과 죽음에서도
　　벗어나 "영생"에 이르게 됩니다.

　　그래서 "나" 손정자는
　　코로나 확진자와
　　일상을 같이해도
　　코로나에 걸리지 않습니다.

오히려 "나" 손정자와

일상을 같이하는 사람이

코로나에 걸리지 않게 됩니다.

(10) 이러한 "뜻"을 마태복음

　　제5장 18절과 19절에는

①18:진실로 너희에게 이르노니

　천지가 없어지기 전에는,

　"율법의 일점 일획"이라도

　반드시 없어지지 아니하고

　"다 이루리라."

②19:그러므로 누구든지
이 계명 중에 지극히 작은 것
하나라도 버리고, 또 그같이
사람을 가르치는 자는
천국에서 지극히 작다
일컬음을 받을 것이요.

"누구든지 이를 행하며
가르치는 자는 천국에서
크다 일컬음을 받으리라."
라고 해 놓았습니다.

그러므로 파라 파라 깊이 파라
얕이 파면 다 죽는다라고.
하느님께서, "증산"으로 오셔서
말씀 하셨습니다.

(11) 진경, 진경, 하진경이라
세상에서도
진짜 경전이 되는 "이 책"은
세상이 끝나는 시기인
제일 나중에 나온다고
아주 오래 전부터
"회자"되어 왔던 것입니다.

아. 에필로그

1. 사람들은

누구나가 다, 태어나고 싶어서
이 세상에 온 것이 아닙니다.

그리고, 어느 누구 막론하고
모든 사람들이 다 금수저 물고
태어나고 싶지만
자기 뜻대로 되지 않는
인생이 바로 하늘의 뜻입니다.

2. 하늘을 알면, 선이요, 죄 됨이 없고,
   하늘을 모르면, 악이요, 죄 됨이
   있다.

3. 가하는 쪽에서는 패악이 발동하고,
   당하는 쪽에서는 원한과 분하고
   억울함이 "척"이 되어 발동한다.

4. 패악질을 하지 말고,
   "척" 짓는 질(일) 하지 말라.
   그것이 수행이요.
   도(道)를 닦는 이유이다.

5. 도(道)란 무엇인가?

(1) 무엇의 특정한 행위나
    방법에 있는 것이 아니고

(2) 일상지도(日常之道)
    즉, 모든 사람들의 일상의 삶이
    "수행"으로서, 곧 "도(道)를 이루는
    것"이 되는 것입니다.

(3) 개개 자신의 진부모님이신
    큰 말씀 하느님을 알고
    믿고 따르는 것이
    생명완성을 이루는 일입니다.

(4) 순천자는 흥하고
    역천자는 망한다.
    즉, 하늘을 믿고
    따르는 자는 살고
    하늘을 믿지 않고
    따르지 않는 자는
    살아남지 못한다는 뜻입니다.

6. 큰 말씀 하느님께서는
또 말씀 하셨습니다.

(1) 세상인간들은
    썩어 없어질 물질 때문에
    사람들의 눈만 피하면
    온갖 죄를 다 짓는다.
    그 놈의 인간 눈,
    그거는 하느님인 "내"가
    빼어버리면 그만인데,

(2) 그래서
    불꽃같이 지켜보고 있는
    "나" 하느님의 "눈"은
    아무도 모르고 있다고 하십니다.

(3) 창생 여러분 이제라도

　①보이는 현상만을 쫓아서
　　욕심이 가득 찬
　　부정부패한 삶들을 살지 말고

　②보이지 않는 하늘
　　(실재하시는 하느님)을
　　두려워하면서 경건한 삶을
　　살기 위해 노력하십시요.

(4) 인간생명의 목적은
　①완성된 생명인 무궁화로서
　②반본환원된 지상천국에
　　금의환향 하는 것입니다.

자. 큰 말씀 하느님과의 조우

1. "나" 손정자는
   1995년도에 죽음 직전의 상태에서,
   신(神)의 음성을 듣기 시작
   하였는데.

(1) "나는 하나님"이고
   또 "성령"이라고 하시면서
   ①"나" 손정자에게 하시는 말씀이
   "내가 니 아픈 부분을 차단시켜 줄
   테니까 이러저러한 일들을
   하라"고 하시는 것이었습니다.

②그래서 그 말씀에
"제가 부족해서
할 수 있겠습니까?"
라고 하였더니

③걱정하지 말고
"내"가
시키는 대로만 하면 된다.
지금까지는

"내"가 손도 없고 발도 없어서
수많은 인간들한테
일을 시키려고
능력들을 주게 되면
자기 배만 채우고

남의 등만 쳐먹기 바빠서
"내(하느님 자신)" 일을
잘 해주지도 않는다고 하시면서

(2) 너는 내가 능력을 주더라도
마음만은 똑바로 먹고서
일점 한획 부끄러움 없이
정도(正道)로 살아가기만 하면

즉, 깨끗하게 살기만 하면
모든 것은 하느님인 "내"가
다 한다고 그러시면서
또 다시 하시는 말씀이,

①"마음" 하나 바로 지키고

　"정도(正道)"만으로 가는 것이

　이 혼탁한 세상에서 죽기보다도

　더 힘이 드는 것이니까.

　너는 그렇게 죽지 말고

　살아서만 오면 되는 것이다.

　라고 하시더니,

②정말 이렇게

　"정도의 마음"만을 가지고

　"무위로 완벽하게

　순백한 삶을 살아가는 것"들이

이렇게 혼탁한 세상에서
그렇게 어렵고
얼마나 힘이 들며
수많은 고통들이
있을 줄을 그 누가 알리오.

과거 세상 시절의
"청 백리"들이라면
내 심정들을 알아보아
줄 수도 있겠지요.

2. 이것 또한

"정도의 마음"만을 가지고
거짓이 없는 "무위"로
이 혼탁한 세상에서
부정부패의 삶이 아닌
완전무결하게 순백한 삶을
살아야만 되는
구속의 대속 공사로서,

(1) 그렇게 만고 풍상을 겪는
고통의 삶 대속 공사 속에서도
"나" 손정자는
미래와 과거 세상까지
시간 여행을 하는 것처럼

세상을 왔다갔다 하고
심지어는 순간이동까지
해 보기도 하면서

(2) 그리고 내 몸에서는
일곱 가지 색깔이 나왔으며

(3) 또한 내 몸 자체에서
저절로 불이 일어나고 붙어서
①불에 덴 자국이 생겼었고

②입고 있던 옷에 까지
불이 옮겨 붙어서
불 붙은 흔적이 있는 그 옷은

지금까지도 나의 장롱 속에
남아있습니다.

차. 천문(天文)

1. 큰 말씀 하느님

(1) 태초의 조물주의 신비한 조화
　　당신의 그 모습을 지은 창조품
　　절묘하고 오묘한 아름다움과

　　하늘 땅의 그 이치를 그려 새겼네
　　혼신의 온정을 쏟아 부으니
　　그 이름 천륜의 인간이라네.

(2) 하늘 땅의 그 이치를 관찰을 하고
    세상을 바라보는 생각을 돌려
    인간의 지혜로서 판단을 하라

    자연의 섭리와 명륜의 법칙을
    이것이 모두 다 나의 정표요
    하늘의 해와 달은 하나이로다.

(3) 생명이 자라나는 과정을 두어
    자유로이 성숙하는 기간을 두니
    순종하라 말씀을 과제로 주며

    다정하게 사랑으로 감싸 주었네
    하늘 땅에 하나로 존재하기로
    그 이름 천주요 천부이로다.

    (곡명을 어머니 마음
    풍으로 불러보세요)

타. 지리(地里)

1. 여로

(1) 육천년 긴 세월을 피눈물 흘리면서
한 맺힌 사연담아 걸어온 자욱마다
가시밭길 헤쳐오며 고이 기른
당신 자식

나는 천륜의 부모의 자리가 되어
옛 꿈을 활짝 펴니 애틋한 그 사랑
설레는 마음 감격에 물결치도다.

(2) 성숙의 기간을 거쳐 혼기의 절정이라
    완성의 제품으로 신부의 이름을 달고
    고차원 높은 자리 주인공이 되었네

    참 세상 다스리는 여신의 머리가 되어
    사랑의 온천수로 짝지어 날으니
    한 쌍의 성주가 되었네요.

(3) 천륜의 성령 성신 그 속에 성자 천자
    인륜의 부모 자녀 대대로 자자손손
    하늘의 법칙이요 섭리의 윤리라

    인생사 천지 순환 돌고 돌아서
    완성된 무궁화여, 내 생명
    진부모 큰 말씀님 천하에 밝히도다.

    (곡명을 잊지는 말아야지
    풍으로 불러보세요)

2. 인간 농사

(1) 선천 천지 인간 세상
　　가지각색 모형으로 씨앗 뿌려
　　정성으로 다듬어 오며
　　시시각각 마음 졸여

　　애가 타는 마음으로
　　싹 틔워 나오는 이 순간들을
　　기쁨의 환성으로 즐거워하는
　　희망 속에 불꽃 사랑 고귀하도다.

(2) 정성으로 가꾼 농장 아름다와라
    오색찬란 태양 아래 자라온 작물
    잡초 제거 병충 방비
    애지중지 보살피며

    사랑의 영양제로 건강을 잡고
    생명의 온천수로 육성을 해온
    우수 작품 성공 비결 사랑이었네.

(3) 천지우주 농장화원 대창조주라.
  천지순환 일월명광 신비의 조화
  인생사 오고 가는 윤회 속에서

  생사화복 주장하고 관장을 하는
  대자연 소우주 주체 주인공
  이 천지에 오직 한 분
  큰 말~씀 님일세.

  (곡명을 오동동 타령
  풍으로 불러보세요)

파. 인(人) 생명 완성 말씀

1. 지상 천국

(1) 금의환향 즐거움에
    너무나 행복합니다.
    마음 문을 활짝 열고
    행운을 가득 받아
    만가지 축복권을
    놓치지 아니하고
    장중에 가득 잡고
    하늘궁에 들어오니
    아름답고 화려한 집
    만복을 누려가네.

(2) 일곱 빛깔 광채 속에
    옛 꿈이 펼쳐지는데
    오색백화 향기 품어
    황홀한 보금자리
    평화의 에덴동산
    멋 서린 옛 호화궁
    하늘 땅에 일월명광
    고색찬란 천지대주
    고창주 신화원
    빙글 빙글 돌아가는구나.

(3) 축제의 에덴동산

　　잔치판을 벌려 보세나.

　　얼싸안고 춤을 추며

　　둥글둥글 돌아가보세

　　오색 빛 날개를 펼쳐

　　눈부시게 날아보세

　　활기차게 당당하게

　　높이 높이 날아가세

　　영원토록 영원토록

　　만세 무궁 명위하리.

　　(곡명을 난 정말 몰랐었네

　　풍으로 불러보세요)

2. 구세주 큰 말씀님

하늘에서 이 세상에
큰 말씀님 오셔서
이 땅위에 많은 창생
완성으로 구원해

무궁화 꽃 피우시고
지상낙원 이루시니
육신세상 개벽되고
새로 창조 되었네

(곡명을 죄짐맡은 우리구주
풍으로 불러보세요)

3. 하나 뿐인 진짜

큰 말씀님 자재와 뜻만이
진짜 뿐이고 이 세상과
인생은 모두가 가짜로서

생명 완성 과정의 삶으로
괴롭고 지쳐 우는 고생에
성숙되어 완성된 인간 생명

금의환향 모두 하였네
지상천국 원시 반본해
피눈물로 살아온 인간을

이제는 다 행복한 곳으로
큰 말씀님 친히 강림하시어
완성하신 참 세상 지상천국.

(곡명을 아임 스틸 러빙 유
풍으로 불러보세요)

하. 포고문

1. 큰 말씀 하느님께서

이 세상 마지막 때에
이렇게 지상천국 반본환원과
무궁화 금의환향을 위한
개벽 공사를 하시고 계십니다.

2. 이제는 늙음과 죽음도
   고칠 수 있는 병(病)으로서

(1) 마음의 병을 치유하는 의통

(2) 육신의 늙음과 모든 병들을
    치유하는 의통

(3) 죽음이라는 병을
    치유하는 의통에 대하여

3. 가지가 될 1만 2천명의
예비 군자들이여!

(1) 남과 여를 불문하고,

(2) 이제 이 의통 인패에 따른

(3) 도통을 전해받을
   "준비"를 하러 오라.

4. 도통을 전해 받는 때가 오면

(1) 상재는 7일이요,

(2) 중재는 14일이며,

(3) 하재는 21일의 시간이 소요 되느니라.

5. 그리하여 도통을 받아 행사할 때에는

(1) 상재는 그 대상자를
    쳐다보기만 해도 병이 낫고

(2) 중재는 그 대상자를
    만지기만 해도 병이 나으며

(3) 하재는 그 대상자에 대하여
    주문(기도)만 하면 병이 낫게 되느니라.

6. 그리고 나의 도문에 들어와서

(1) 성, 경, 신을 다하면
    "때"가 되었을 때
    ①자신의 앞일들에 대하여는
    스스로 알게 되어
    대처하게 되느니라.

(2) 또한 나의 도문에서는
    ①얇게 닦고
    두텁게 받을 리 없으며

    ②두텁게 닦고
    얇게 받을 리는 없느니라.

7. 열매가 될 "뭇 창생들"에게 전하노라

(1) "내"가 너희를 찾지 아니하면

  너희는 "내"가 너희의

  등 뒤에 있더라도

  너희는 "나"를 알아보지

  못 하느니라.

(2) 그리고 천지자연의

  현상이 진리(참 이치)요.

(3) 삼라만상의

  현상들이 진리(참 이치)니라.

(4) 하여 죽은 나무가 꽃 피우고
    열매를 맺을 수가 없듯이

(5) 죽어서 가는 사후의 천국이나
    극락세상은 없느니라.

(6) 그래서 "나"는 산 자의
    하느님인 것이지
    죽은 자의 하느님이 아니니라.

천기누설

초판인쇄: 2022년 4월 01일
초판발행: 2022년 4월 11일

지은이 / 손 정 자
펴낸 곳 / 큰 말씀님 무궁화 지상 천국
주소 / 경북 포항시 남구 양학천로 240-9(해도동 11-26)
전화 / 010-2627-4142

되박은 데 / 고글
주소 / 서울특별시 용산구 한강대로40길 18
전화 / (02)794-4490, (031)873-7077
등록 / 1990년 11월 7일(제302-000049호)
ISBN 979-11-85213-17-0 03810
값 30,000원

* 주의할 점 *

본 책의 내용들을 함부로 가져가서
자기 자신이 직접한 것처럼 표절하거나,
비방 또는 비난하거나 부정하는 말씀들을
하지 마세요.

하늘이 내리는 천벌을 받게 됩니다.

그러나 이글을 읽고서 믿음을 가지고
따르는 사람들은 자기 몸과 삶에 좋은
현상들이 일어납니다.

- 저자 백 -